LETTRES

EN VERS,

OU EPITRES HÉROIQUES

ET

AMOUREUSES.

A PARIS,

De l'Imprimerie de Sébastien Jorry, rue & vis à-vis
la Comédie Françoise, au Grand Monarque.

M. DCC. LXVI.

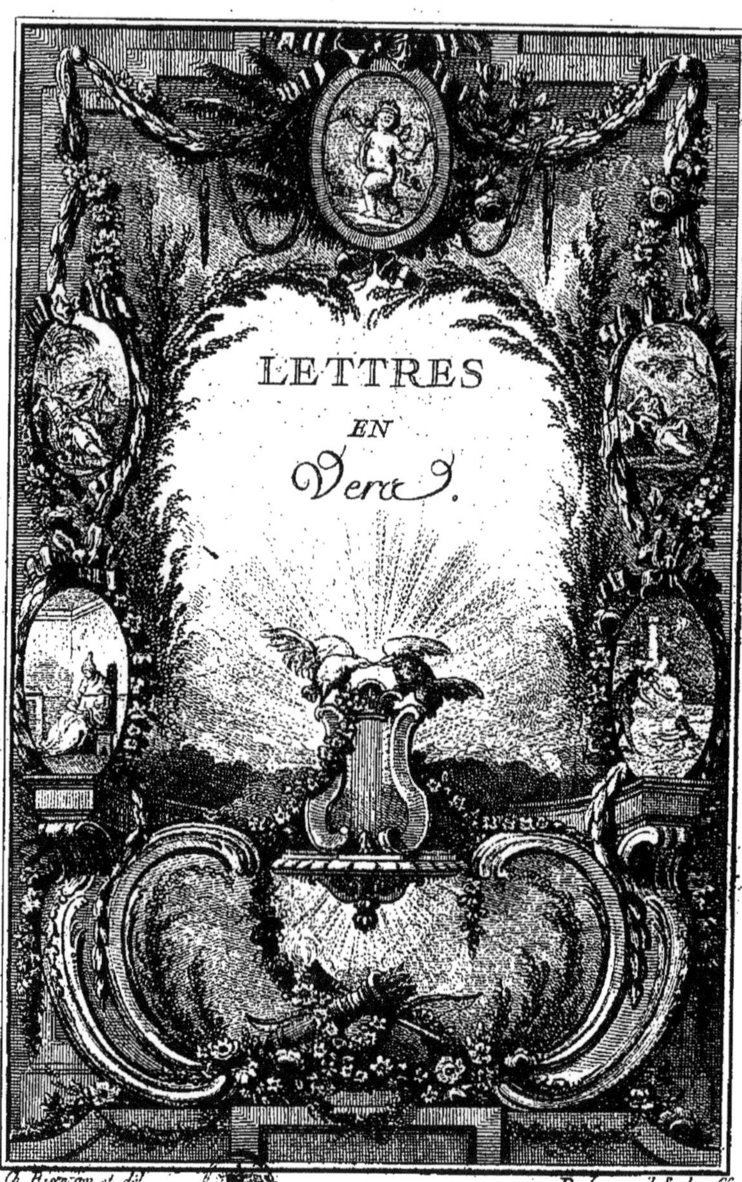

LETTRES
EN
Vers.
Ch. Eisen inv. et del.
De Longueil Sculp. 1766.

Lorsque je donnai les Lettres de Barnevelt & de Zéïla, j'en promis douze dans le même genre, & j'étois bien difposé à tenir ma parole; mais j'ai craint d'épuiser l'indulgence du Public, toujours paffagère, & toujours plus facile à perdre qu'à obtenir. J'ai préffenti fon réfroidiffement vague ou fondé; & j'ai cru qu'il me pardonneroit d'être parjure, pourvu que je ne devinffe pas ennuyeux.

Voici les trois Ouvrages que j'ai annoncés; ils terminent la collection des Lettres; &, quoiqu'on en dife, je ne me repentirai pas d'avoir employé quelques vuides de ma vie à cultiver un genre intéreffant, qui donne à l'ame toutes les émotions dont elle eft fufceptible, peint tour-à-tour l'abbattement de la douleur ou l'ivreffe du plaifir, arme l'amour d'un poignard ou le couronne de fleurs, remet fous nos yeux plufieurs Sujets dont la Tragédie n'ofe s'em-

A

parer, & réunit le double mérite de favoriser la paresse, en développant la sensibilité.

Ces Lettres avoient déja paru ; mais les changemens que j'ai faits dans les deux premières les rendent comme nouvelles. Si l'amour conjugal, qui domine si tristement dans le Sujet d'Octavie, semble un peu l'éloigner de nos mœurs, j'ai pensé qu'il s'en rapprochoit, par les manéges & l'artifice de Cléopatre. Le nombre des êtres jolis & faux qui ressemblent parmi nous à cette Reine célébre, prouveroit presque l'ingénieux systême de la transmigration des ames ; celle de Cléopatre n'est assurément pas restée dans l'inaction.

D'ailleurs, le tableau de l'asservissement d'Antoine peut être de quelqu'utilité, dans un siécle où cet illustre & foible Romain a trouvé tant d'imitateurs. Les Octavies de nos jours ne font guères plus fêtées que celles d'autrefois, & nous payons au moins, aussi cher qu'à Rome, l'honneur d'être dupés par leurs rivales.

Le Sujet de Héro à Léandre eſt un peu antique, mais il n'en eſt pas moins agréable. Ovide l'a traité avec cette féduction, ces graces variées & cet abandon voluptueux qui le caractériſe. La Lettre de Héro eſt pourtant une de celles où il ſe ſoit le moins abandonné, & dans laquelle il ſemble le plus œconome de ces détails charmans qui refroidiſſent l'enſemble, & de ce bel-eſprit, dont la profuſion lui eſt reprochée. Je me ſuis rempli de ſes idées, ſans m'y aſſujettir avec la ſervitude d'un Traducteur, heureux ſi j'ai ſçu m'approprier quelqu'une des beautés de mon modéle, dont il faudroit même ambitionner les défauts.

La réponſe d'Abailard eſt abſolument neuve. Celle que je hazardai, il y a quelques années, eſt pleine de hardieſſes & d'un libertinage d'imagination que je déſavoue. Ce n'eſt jamais

Abailard que j'y fais parler, c'eſt toujours moi qui parle à ſa place. Je n'avois point la force alors d'approfondir l'abîme de douleurs où cet Amant eſt plongé : celle-ci, je l'imagine, eſt plus vraie & mieux conçue ; j'ai tâché d'y peindre les ravages d'un feu qui s'irrite & fermente ſans exploſion dans un cœur iſolé, ces combats de l'amour & de la piété, où l'avantage eſt toujours pour l'amour ; ces déchiremens d'un être ſéparé de lui-même, qui ne conſerve d'énergie, que pour mieux ſentir ſa foibleſſe & prouver que, tout dans l'homme, eſt ſubordonné à ce phyſique impérieux que l'on aime à vaincre, mais qu'il eſt affreux de n'avoir plus à combattre. Il falloit que le déſeſpoir d'Abailard ne reſſemblât point à celui d'Héloïſe ; leur ſituation, qui paroît la même, eſt, en effet, bien différente. Héloïſe a du moins un plaiſir qu'on ne peut lui ôter ; celui d'avoir ſacrifié à ce qu'elle aime, tout ce dont elle auroit pu difpofer pour un autre. Abailard, n'a rien qui le confole. Le paffé, le préfent, l'avenir fe rejoignent pour le tourmenter, & depuis que la Providence a fait des malheureux, il eft un de ceux dont elle a, fi on peut le dire, perfectionné l'infortune. Ses expreffions ne doivent point fe reffentir de fon état, & il doit retrouver dans fon ame toute la virilité du fèxe qu'il a perdu.

Quelques perfonnes feront peut-être curieufes de confronter les anciennes Pièces avec les nouvelles : les premières fe trouvent dans plufieurs collections, & entr'autres, dans le plus joli des recueils.

Il eft étonnant, combien ont pullulé depuis peu ces recueils inéxorables, où l'on fe trouve couché tout de fon long, à l'heure que l'on y penfe le moins. Quelques-unes de ces compilations font pourtant affez bien faites, & ont réuffi ; mais elles réuffiroient davantage, fi ceux qui y préfident , daignoient confulter ceux dont ils raffemblent les productions : elles ne reparoîtroient pas au moins avec les taches qui les déparent. Le goût y gagneroit, le Public auffi, & ces Meffieurs auroient à s'applaudir d'un procédé honnête, qui ne gâte jamais rien, même en Littérature.

Il a paru au commencement de cette année avec le titre peu faftueux d'*Almanach des Mufes* , une petite collection, dont l'idée eft fort agréable & peut devenir précieufe , fi elle eft bien remplie. C'eft-là que l'on veut fixer , pour ainfi dire, ces riens fugitifs, échappés pendant l'année à l'amour, au plaifir, à la pareffe , & qu'on pourroit appeller le volatile de la gaîté Françoife ; mais comme ces pièces légères, en courant de main en main , fe chargent de toutes les bévues de ceux qui les copient, elles feront toujours infidèles & pleines de fautes, tant qu'on ne s'adreffera pas aux

Auteurs eux-mêmes, qui feuls peuvent remé-
dier à ces inconvéniens.

Par exemple, dans une de mes Epîtres qui
n'auroit point été imprimée, fi l'on m'avoit
fait la grace de m'avertir, on critique un vers
qui commence par *Oh ! que de fleurs*, la
critique eft jufte, le vers ridicule; mais ce
n'eft pas moi qui l'ai fait.

Le Madrigal à Mlle Doligny, a été de
même imprimé fur une copie peu exacte.

Voici celui de l'Almanach :

> Par les talens unis à la décence ;
> Tu te fais refpecter & chérir tour-à-tour;
> Si tu fouris comme l'Amour,
> Tu parles comme l'innocence.

Voici le mien :

> Par les talens & la décence
> Tu nous captives tour-à-tour ;
> Et tu fouris comme l'Amour,
> Quand il avoit fon innocence.

Ce Madrigal, dans le Reçueil, eft fuivi d'une

note, où l'on convient que Mlle Doligny donne des efpérances pour les rôles d'ingé-nuité ; moi j'ai cru bonnement jufqu'ici que dans ces rôles on ne pouvoit guère aller plus loin que cette Actrice adorée & fi digne de l'être.

Au refte, j'imagine que les Rédacteurs de l'*Almanach des Mufes* ne me fauront pas mau-vais gré d'un confeil qui peut tourner à leur avantage & fatisfaire les mécontens. Cela ne me regarde point , car je ne le fuis jamais ; mais, en général, rendre ainfi publics les ouvrages d'un Auteur avant qu'il les ait revus & qu'il leur ait donné, fi l'on peut le dire , la parure de la correction ; c'eft furprendre une femme avant fa toilette, & la coquetterie de l'un n'eft pas moins ombrageufe que celle de l'autre.

OCTAVIE

OCTAVIE,

SŒUR D'AUGUSTE,

A ANTOINE.

ANTOINE, fans combattre, a cédé la victoire !

Méprifé par les fiens, vil aux yeux de la gloire,

Au fignal d'une Femme, il quitte fes vaiffeaux;

Il partage fa honte, & la fuit fur les eaux !

B

J'en frémis... qu'as-tu fait ? & quelle est ta foiblesse ?

Voi l'abîme où t'entraîne une indigne Maîtresse :

Rome te désavoue , & rougit de tes fers.

L'opprobre de tes feux a rempli l'Univers.

Envisage un moment tes premières années ,

Par ton bras jeune encor ces palmes moissonnées.

Rappelle-toi ces temps , ces exploits dont l'éclat

Tournoit vers toi les vœux du Peuple & du Sénat ;

Quand l'Ami de César , aux yeux charmés de Rome ,

Sembloit , en l'imitant , reproduire un grand homme ;

Et , juge malheureux , si ton cœur est changé.

Non ; tu n'es plus le même , & Brutus est vangé.

Un soupir d'une femme , un coup d'œil to surmonte.

Fière de ton malheur & surtout de ta honte ,

Elle étouffe dans toi l'ardeur de nos guerriers ,

Et sa main de ton front arrache les lauriers.

Foible & trop cher époux , est-ce ainsi que l'on aime ?

Pour te défabufer , je ne veux que toi-même.

Combien de fois , glaçant ta flamme & tes desirs ,

Le remords n'a-t-il point corrompu tes plaifirs ?

Combien de fois & Rome & la trifte Octavie

Vinrent-elles s'offrir à ton ame attendrie ?

Permets , permets qu'enfin j'ofe élever la voix.

C'eft l'honneur... c'eft l'amour qui reclame fes droits.

Si je la méritai , ta haine eft légitime.

Mais dis-moi donc , cruel , dis-moi quel eft mon crime.

Mon frère , hélas ! mon frère étoit prêt à s'armer ;

Et la guerre entre vous alloit fe rallumer.

L'accord de deux héros devenoit mon ouvrage :

Mon hymen , tu le fçais , en étoit le feul gage ;

Je n'éxaminai rien : je penfai que ces nœuds ,

En muniffant à toi , vous uniroient tous deux.

Cléopâtre , fes feux , ta premiere foibleffe ,

Rien ne put , un moment , effrayer ma tendreffe.

Je bravai Cléopâtre , & mes defirs fecrets

Brûloienr d'humilier l'orgueil de fes attraits :

Je voulois , illuftrant les amours d'Octavie ,

T'adorer, la punir, & fervir la patrie.

Rome m'applaudiffoit & cherchoit dans mes yeux

Le confolant efpoir d'un avenir heureux.

Toi-même entretenois un amour fi funefte.

La gloire m'aveugla ; le penchant fit le refte.

Q u e ce moment flateur où je reçus ta foi,

Que ce jour, cher Antoine, eut de charmes pour moi !

Qu'elle pompe, grands Dieux! quel tranfport d'allégreffe!

Des Maîtres des Romains je me voyois maîtreffe.

J'enchaînois leurs complots, & leur reffentiment;

Je nommois l'un mon frère ; & l'autre mon amant.

Ecartant de fon fein la difcorde & les haines,

De Rome entière alors je crus tenir les rênes:

Je fentis, je l'avoue, un orgueil généreux ;

L'orgueil eft pardonnable à qui fait des heureux :

L'amour de Cléopâtre, & fes jaloufes larmes

Relevoient mon triomphe, ajoutoient à mes charmes.

Dans le fein du repos couronnant tes exploits,

Ma tendreffe au vainqueur ofoit dicter des Loix.

Entre la guerre & moi tu partageois ta vie ;

Et le rival d'Augufte adoroit Octavie.

Que dis-je ? cette Rome, où je reçus ta foi,

N'étoit point un théatre affez brillant pour moi.

Tu voulus, divulguant les fecrets de ton ame,

Apprendre à l'Univers ton bonheur & ta flâme :

Tu voulus qu'Octavie, adorée en tous lieux,

Devînt encor plus chère & plus belle à tes yeux.

O jours de mon éclat, écoulés dans Athénes !

Là, tout fembloit uni pour refferrer nos chaînes ;

Ce Peuple, favori de Minerve & de Mars,

Qui dans le Monde entier voit circuler fes arts,

Témoin de mon bonheur fi pur & fi rranquille,

S'empreffoit, chaque jour, pour orner mon afyle.

Tu laiffois dans mes bras repofer ta valeur;

Ton front, où fe peignoit le calme de ton cœur,

N'avoit plus cet orgueil qui fied à la victoire.

'A ta vertu paifible on pardonnoit ta gloire;

Et ce féjour, dont Rome envioit le deftin,

S'embelliffoit encore à l'afpect d'un Romain.

TROP rapides inftans, qu'ont fuivis tant de larmes!

'Ambitieux Rivaux, où portez-vous vos armes?...

Tu me fuis; je te vois voler fur tes vaiffeaux;

Et mes regards mourans te fuivent fur les eaux.

Dès ce moment affreux, un finiftre préfage

Vint éclairer mon cœur & glacer mon courage.

Cléopatre foudain vint s'offrir à mes yeux.

Je tremblai, je frémis, je reconnus tes feux...

Dans le gouffre des mers plongez fa flotte errante;

Vents, foulevez les flots, & vangez une Amante.

L'ingrat qui me trahit eft indigne du jour;

Qu'il fente, en expirant, les fureurs de l'amour.

Ou du moins écartez cette flotte fatale

Du féjour dangereux où régne ma Rivale...

Inutiles fouhaits! & les vents & les Dieux

T'ont déja tranfporté fur ces bords odieux.

Il me femble la voir , cette Amante hautaine

Sourire à fon Captif, que l'Amour lui raméne.

Je te vois encenfer fes perfides appas ,

Et de mes pleurs, cruel, t'applaudir dans fes bras.

Tantôt, à fes tranfports abandonnant fon ame ,

Dans une longue ivreffe elle épuife ta flâme ;

Et tantôt , de fon art déployant les fecrets ,

D'une fauffe douleur elle arme fes attraits ;

Elle affecte une tendre & douce rêverie.

De la peur de te perdre elle paroît remplie ;

Et fa feinte langueur, fes parjures foupirs

Rallument ton amour éteint dans les plaifirs.

C'eft ainfi que , mêlant le caprice & les larmes ,

Elle fçait à tes yeux multiplier fes charmes.

Tu careffes l'erreur qui t'a préoccupé ,

Et tu crois être heureux, quand tu n'es que trompé.

DANS quels nouveaux excès elle fe précipite !

Quoi ! d'un lache triomphe* elle honore ta fuite !

Suos le nom de Bacchus : un Héros, un Romain

Parcourt Aléxandrie, uu thyrfe dans là main !

Puis-je,à ces traits honteux, reconnoître un grand homme ?

Eft-ce ainfi qu'autrefois tu triomphois dans Rome ?...

Où vais-je m'égarer ? tu ne m'écoutes pas ;

Les charmes de l'Egypte ont enchaîné tes pas.

Des jardins, des bofquets dont tu cherches l'ombrage,

Voilà le champ de Mars, où brille ton courage

C'eft là que, fur des fleurs mollement endormi ,

Repofe de Céfar le vangeur & l'ami.

CEPENDANT Octavie, à gémir condamnée

Sans titre, fans époux, languit abandonnée.

Sur mes triftes deftins Rome a les yeux ouverts :

---

*Ce triomphe d'Antoine n'eft placé dans l'Hiftoire qu'à fon retour de la guerre contre les Parthes, retour qui paffa pour une fuite. J'ai cru pouvoir placer cette circonftance après la Bataille d'Actium.

Je

Je voudrois m'éxiler, & fuir de l'Univers.

Le défefpoir m'accable ; & ta fureur tranquile,

Jufques dans ton palais, me refufe un afyle.

On a vû Marcellus, & ton époufe en pleurs

Chez Augufte porter leur honte & leurs douleurs :

Cet enfant, tout baigné des larmes de fa mère,

Sembloit fentir mes maux, & t'appelloit fon père.

On m'a vue obéir à tes ordres cruels,

Et fervir de trophée à tes feux criminels.

Dans nos malheurs communs peux-tu trouver des charmes?

Mêler à tes plaifirs l'image de mes larmes?...

M a i s fi ton lâche cœur perfifte à m'outrager,

Je dois t'en avertir, tes jours font en danger.

Je parlois en époufe, & je parle en Romaine.

Rome de jour en jour contre toi fe déchaîne.

» Quoi! dit-elle, un enfant élevé dans mon fein,

» Au fort d'une Etrangère uniroit fon deftin !

» Quoi! le Soleil verroit, au milieu de nos armes,

C

» Une Reine infolente étaler tous fes charmes !

» Il verroit nos Soldats dans une lâche cour

» Joindre leurs étendarts aux chiffres de l'Amour!

» Gardons-nous de fouffrir ces coupables baffeffes ;

» Il faut à l'Univers dérober nos foibleffes.

» Il faut, lorfqu'un Romain devient fourd au remord,

» Abréger fon opprobre, en lui donnant la mort.

Le Sénat applaudit, & le Peuple s'anime.

Jufques dans la Syrie on veut punir ton crime ;

Mon frère, tranfporté d'une jufte fureur,

Cherche à perdre un rival, en vangeant une fœur.

Enfin, ouvre les yeux ; que ton danger t'éclaire.

Que la gloire te parle... Elle te fut fi chère !

Reviens vers Octavie ; elle t'aime toujours,

Elle oublîra l'affront de tes lâches amours.

La beauté, cher époux, eft un frêle avantage ;

Mais, fi je l'ai perdu, viens revoir ton ouvrage.

Ah ! parois feulement à mes yeux fatisfaits ;

Et tes premiers regards me rendront mes attraits.

Dans les embraſſemens du ſeul Mortel que j'aime,
Je déſirois les yeux de Cléopatre même.
Tu gémis... Je triomphe : Oui, ton cœur combattu
N'eſt point fait pour trahir la gloire & la vertu.
Au jeune Marcellus tu vas ſervir de père.
Seul il a conſolé les ennuis de ſa mère.

Que dis-je ? en cet inſtant, peut-être dans tes bras,
Cléopatre pourſuit l'arrêt de mon trépas.
Puiſſent du moins les Dieux, puiſſent les deſtinées,
D'une femme inhumaine abréger les années !
Qu'elle meure trahie, & voie, en expirant,
La joie étinceler au front de ſon Amant !
Puiſqu'elle empoiſonna le bonheur de ma vie,
Que l'horreur de ſa mort vange au moins Octavie !
Et périſſent ainſi ces dangereux objets,
Que la Nature orna de coupables attraits,
Pour avilir l'Amour, pour décorer le vice,
Pour ériger en art la fraude & le caprice !

C ij

Méprifables Beautés, qui, dans le plus grand cœur,

Font mourir, par degrés, le germe de l'honneur ;

Qui, fières de régner fur d'illuftres Efclaves,

Leur donnent, chaque jour, de nouvelles entraves ;

Du devoir à leurs yeux dérobent le flambeau,

Et les parent de fleurs, en creufant leur tombeau !

Pardonne ce tranfport... Oui, je voudrois moi-même

Percer de mille coups la Barbare qui t'aime...

Toi, cher Antoine, vis, & vis toujours heureux.

Ce n'eft pas contre toi que je forme des vœux.

Puiffe Rome te voir, dans une paix profonde,

Affis avec Augufte au premier rang du Monde !

Et que ne puis-je enfin, defcendant chez les Morts,

Emporter avec moi jufques à tes remords !

HERO
A
LEANDRE.

Quoi ! trois jours sans te voir, trois jours sont écoulés !

Rends le calme, Leandre, à mes sens désolés.

Quel obstacle nouveau te retient sur la rive ?

Je tremble, tout m'allarme ; une Amante est craintive.

Tu sais par mille jeux varier tes plaisirs,

Ecarter les ennuis, & charmer tes loisirs :

Tu peux, sourd à ma voix, insensible à ma peine,
Faire voler un char sur la brûlante arène;
Ou bien, armant ton bras d'inévitables traits,
Nouvel Endymion, errer dans les forêts :
Moi, je n'ai que l'amour; à lui je m'abandonne :
Qu'ai-je besoin sans lui de l'air qui m'environne?
Pour respirer sa flamme il sembla me former;
Je ne veux, je ne puis, & je ne sçais qu'aimer.
Ce qui me reste à faire, hélas! dans ton absence,
C'est de parler de toi, d'implorer ta présence;
De te nommer cent fois, de gémir, de trembler;
De répandre des pleurs que toi seul fais couler.
Toi seul es tout pour moi.... dans ton cœur, cher
   Léandre,
Rassemble tous les feux de l'amour le plus tendre,
Tu ne pourras encor te comparer à moi,
Ni me rendre jamais l'amour que j'ai pour toi.

L'AURORE à peine luit; pleine de ton image,

Je m'arrache au sommeil & je cours au rivage.

Là, jettant sur les mers des regards furieux,

J'accuse, je maudis & les vents & les Dieux ;

Je céde à des frayeurs que j'enfante moi-même.

Chaque flot qui s'éléve engloutit ce que j'aime ;

Et, si le calme enfin renaît au sein des eaux,

Je m'écrie à travers les pleurs & les sanglots,

» Ne peut-il pas venir ? que fait-il ? qui l'arrête ?

» Pour quitter le rivage, attend-il la tempête ?

Qu'est devenu ce temps, où ton cœur amoureux

Sembloit dans les dangers puiser de nouveaux feux ?

Je t'ai vu mille fois, malgré l'onde irritée,

Malgré les cris plaintifs d'une Amante agitée,

Je t'ai vu, sous un Ciel, étincelant d'éclairs,

Lutter contre les vents déchaînés dans les airs ;

Affronter les écueils, &, fier de ton courage,

T'applaudir dans mes bras d'avoir bravé l'orage.

» Léandre, qu'as-tu fait, te disois-je toujours ?

« Comment puis-je être heureufe, en tremblant pour tes

jours ?

Réchauffé dans mon fein, tu riois de ma crainte ;

Et cent baifers de feu s'oppofoient à ma plainte.

Qu'avec plaifir alors je bravois le courroux

Des flots impétueux grondans autour de nous !

Qu'avec facilité je te donnois ta grace !

Et, dans ces doux momens, que j'aimois ton audace !

Mais un foufle aujourd'hui fuffit pour t'arrêter.

Tu t'endors dans le calme, au lieu d'en profiter.

Neptune, cette nuit, t'ouvroit un fûr paffage ;

Il t'offroit fes faveurs : en as-tu fait ufage ?

Ah ! quand on aime bien, on a plus de defirs ;

Et perdre un feul moment, c'eft perdre cent plaifirs.

Tu me laiffes, cruel, en proie à mes allarmes,

N'embraffer que ton ombre, & veiller dans les larmes.

Moi, veiller pour gémir ! hélas ! tes premiers feux

Ne m'ont point préparée à ce tourment affreux.

Ceffe

Cesse de prolonger une épreuve si rude:

Je séche dans la crainte, & dans l'incertitude.

Sans cesse parcourant ces bords, où tu n'es pas,

Je cherche à découvrir la trace de tes pas.

Si l'on revient des lieux que mon Amant habite,

Vainement on voudroit éviter ma pourfuite ;

On ne voit, on n'entend, on ne trouve que moi.

A l'Univers entier je m'informe de toi.

C'est peu : tes vêtemens, seul gage qui me reste,

Quand le jour te rappelle en ton Isle funeste,

Chers à mon souvenir & chers à mes douleurs,

Je les couvre cent fois de baisers & de pleurs.

AINSI, dans les regrets, Amante abandonnée,

Je compte les instans d'une longue journée.

Mais à peine la nuit vient, au gré de mes vœux,

Embrasser de son voile & la Terre & les Cieux ;

Appellant près de moi ma compagne fidelle,

Sur cette Tour fameuse, où je vole avec elle,

D

D'une tremblante main j'allume des flambeaux;

J'adreſſe ma prière au Monarque des eaux;

Et, plongeant mes regards dans cette horreur profonde,

Dans cette obſcurité qui regne au loin ſur l'onde,

Je voudrois que le Dieu dont nous portons les fers,

De cent aſtres nouveaux pût éclairer les mers.

O toi, de mes ennuis confidente chérie;

Parle, porte l'eſpoir dans mon ame attendrie.

Viendra-t-il.... penſes-tu qu'il ſe ſoit échappé ?

S'il alloit ſe briſer ſur ce roc eſcarpé !

Crois-tu qu'il l'ait franchi?... qu'entens-je?.. c'eſt lui-même;

Il vient.... je vais revoir le ſeul Mortel que j'aime :

Rentrez, noirs Aquilons, dans vos ſombres cachots ;

C'eſt un Dieu... c'eſt l'Amour qui traverſe les flots.

Je prête, en ce moment, une oreille attentive ;

Et toujours mes regards ſont fixés ſur la rive.

Le bruit le plus lointain, le moindre mouvement;

Un rameau qui frémit, m'annonce mon Amant.

Succombé-je, à la fin, au sommeil qui m'accable,

Le sommeil te raméne, & tu n'es plus coupable.

Malgré toi-même alors, signalant ton retour,

Tu me vanges, cruel, des allarmes du jour.

Malgré toi-même alors, je suis encore aimée.

Tu meurs, & tu renais sur ma bouche enflâmée ;

Tu renais plus charmant, & tu me fais goûter

Tout ce qu'on affoiblit, en l'osant raconter....

Vains plaisirs, que bientôt le réveil empoisonne!

Ils ont un prix bien doux, quand c'est toi qui les donne.

Pour vanter mon bonheur, je veux jouir du tien,

Je veux sentir ton cœur palpiter sur le mien...

Que le vent siffle alors, & que la foudre gronde ;

Que tout, dans l'Univers, s'écroule & se confonde.

Tranquille dans tes bras, & ne songeant qu'à toi,

Tout ce désordre affreux viendra-t-il jusqu'à moi?

Pourquoi donc me laisser languir loin de ta vue?

Viens finir les tourmens d'une Amante éperdue ;

Viens confoler un cœur plongé dans les ennuis.

Eft-ce ainfi qu'auroient dû s'écouler tant de nuits.

Je ne fçais que penfer. Réponds-moi : qui t'arrête ?

Crains-tu pour ton retour ? Parle ; me voilà prête.

J'irai, n'en doute pas, m'élancer dans les eaux;

Vénus, fille des Mers, m'applanira leurs flots.

Bravant tous les périls qu'une femme redoute,

Vers toi ces foibles bras s'ouvriront une route...

Hé bien, n'oferas-tu m'atteindre & m'imiter ?

Et craindras-tu les vents que je cours affronter ?

Oui, je te rejoindrai fur les plaines profondes ;

L'Amour autour de nous enflammera les ondes;

A tes bras fatigués il unira les miens ;

Et mes ardens baifers iront chercher les tiens.

MALHEUREUSE ! où laiffé-je égarer ma tendreffe ?

L'Amour infortuné doit avoir moins d'ivreffe.

Sans doute un autre feu... je n'y furvivrois pas...

Tu le fais bien, cruel.... voudrois-tu mon trépas?

Ton Amante, grands Dieux! deviendroit ta victime!

Non... tu l'as dit cent fois; l'inconstance est un crime.

Rappelle tes discours, rappelle ces momens

Où le plaisir lui-même a scellé tes sermens;

Tes sermens enchanteurs, qu'aujourd'hui je reclame.

Mes attraits, cher Léandre, ont des droits sur ton ame;

Si j'ose les vanter, cet orgueil m'est permis;

Je les tiens de toi seul; c'est toi qui m'embellis.

Comme on voit cette fleur, qui semble aimer encore,

Et regarder toujours l'astre qui la colore;

Ainsi, sur mon Amant l'œil sans cesse arrêté;

J'emprunte de lui seul mes graces, ma beauté;

Il pénêtre mes sens par sa douce lumière;

C'est le Dieu que j'adore, & l'astre qui m'éclaire....

Il ne me trahit point.. quel espoir enchanteur

Porte un calme secret dans le fond de mon cœur?

Toi, qui vis Mars lui-même, étonné de ses larmes,

Dans tes bras amoureux s'enivrer de tes charmes;

Qui, dans l'ombre des bois, près du jeune Adonis,

Brulas de tous les feux qui dévorent ton fils;

Nous aimons toutes deux; notre cause est commune.

Protége mon amour contre Eole & Neptune:

Ces Dieux, ces Dieux si fiers sont soumis à tes loix.

Parle, ordonne, ô Déesse! ils entendront ta voix.

MAIS, quoi! déja la nuit a déployé ses voiles,

Et semé dans les Cieux l'or brillant des étoiles,

Morphée a suspendu les maux de l'Univers.

Dieux! quelle volupté se répand dans les airs!

Ces arbres, dont le choc ébranloit ce rivage,

Élévent jusqu'aux Cieux leur immobile ombrage;

La Terre exhale au loin les plus douces odeurs.

L'haleine des Zéphirs, & le parfum des fleurs;

Ce silence profond, cette mer plus tranquile,

Qui semble se jouer autour de cet asyle;

Ce calme, cette nuit plus belle qu'un beau jour;

Tout verse dans mes sens les langueurs de l'amour.

Confirme, cher Léandre, un si charmant augure;

Oui, c'eſt toi, dont l'approche embellit la Nature.

Viens ; vole dans mes bras ... quel changement ſoudain

Déjà l'aſtre des nuits me paroît moins ſerein ;

Il paroît emporté de nuage en nuage :

Un frémiſſement ſourd ſemble annoncer l'orage...

Je tremble... Je me meurs... qu'entends-je ? quels éclairs!

Et quel noir tourbillon s'éléve ſur les mers !

Tout-à-coup mutinés, comme les vents mugiſſent !

De quel tumulte affreux les rives retentiſſent !

O toi qui dans ta main tiens le ſceptre des eaux ,

Contre moi quelle rage a ſoulevé tes flots ?

Quoi ! de Laomédon Léandre eſt-il complice ?

Léandre a-t-il trempé dans les fraudes d'Ulyſſe ?

Ton courroux ne peut-il être enfin déſarmé ?

Toi, qui punis l'Amour , n'as-tu jamais aimé ?

LÉANDRE, garde-toi, c'eſt Héro qui t'en prie ,

De confier aux flots mon eſpoir & ma vie.

Demeure, je le veux, demeure, cher Amant ;

Et renonce à l'orgueil de vaincre un élément.

Attends un Ciel plus doux, une mer moins fougueuse ;

Attends… Oui, je le veux… que dis-je ? malheureuse ?

Je desire & je crains de te persuader.

Je dois tout redouter, & toi, tout hasarder.

Ah ! dans ce même instant, puisses-tu me surprendre ;

Oser exécuter ce que j'ose défendre ;

Mettre encore ta gloire à ne m'obéir pas ;

Et réparer ton crime, en volant dans mes bras !

ABAILARD

A

HÉLOÏSE.

HÉLOÏSE, est-il vrai ? J'ai réveillé ta flâme ;

J'ai troublé le repos, qui rentroit dans ton ame ;

Ce cœur, où Dieu peut-être alloit enfin regner,

Déchiré par mes mains, recommence à saigner !

Trop coupable Abailard ! trop sensible Héloïse !

Amans infortunés ! ... quelle fut ta surprise,

E

Quand ton œil reconnut ces traits baignés de pleurs ,

Où ma tremblante main a tracé nos malheurs ?

Le Ciel m'a-t-il chargé d'empoisonner ta vie ?

La paix te restoit seule , & je te l'ai ravie !

Pardonne .... que veux-tu ? Comme toi je languis ;

Laisse-moi dans ton sein répandre mes ennuis ;

Me plonger dans l'amour , m'y concentrer sans cesse ;

Et , pour l'accroître encor , parler de ma foiblesse.

J'ai gardé trop longtems un silence orgueilleux ,

Et mon cœur , trop longtems , a renfermé ses feux.

Du sort qui m'accabla quand la rigueur extrême

Vint séparer de toi la moitié de toi-même ;

Aux plus cruels regrets condamné pour toujours ,

Quand je vis , loin de nous , s'envoler nos beaux jours ;

J'ai cru que la Sagesse , & sur-tout que la Grace

Pourroient de mon esprit en effacer la trace.

Pour vaincre mon amour , j'osai m'ensevelir :

Contre lui par des vœux je croyois m'aguérir :

Vaine précaution ! contre sa folle ivresse

Que peuvent la Raifon , la Grace & la Sageffe ?

Que peuvent les fermens ? Ardeurs , tranfports , defirs ,

Tout me refte, Héloïfe, excepté les plaifirs.

CET abandon du Cloître , & ce filence horrible ,

Tout me livre à moi-même , & me rend plus fenfible.

C'eft , en penfant à toi , que je crois t'oublier ;

Dieu me menace en vain , & j'ai beau le prier ,

Tu triomphes toujours : oui , ma main téméraire

Te place , à fes côtés , au fond du Sanctuaire :

Et , quand de toutes parts regne un muet effroi ,

Profterné devant lui , je n'adore que toi.

Oui , ce calme trompeur , dont je t'offre l'image ,

N'eft , dans mon cœur brûlant , qu'un éternel orage.

Peins-toi le défefpoir de ce cœur furieux ;

Ma flâme fait encore étinceler mes yeux :

Défoccupé de tout , cette flamme trop chére

De mon oifiveté devient l'unique affaire ....;

Loin de moi , Livres faints : vos fombres vérités

Ne peuvent confoler mes efprits agités ;

Que m'offrez-vous ? Des biens que la crainte empoifonne ;

Vous montrez le bonheur , Héloïfe le donne.

MAIS quel trouble foudain a glacé tes tranfports ?

Héloïfe amoureufe a fenti des remords !

Des remords , Héloïfe ! ... eft-ce à toi d'en connoître ?

A la voix de l'Amour ils doivent difparoître.

Ah ! qu'ils ne fouillent point tes innocens attraits ;

Mets-tu donc ta foibleffe au nombre des forfaits ?

Va , notre Dieu n'eft point un Tyran formidable.

Un feu , qu'il alluma , peut-il être coupable ?

Pourroit-il s'offenfer d'un impuiffant defir ,

Lui , dont le fouffle pur enfanta le plaifir ?

Héloïfe , crois-moi , ta flâme eft légitime ;

Quelles font nos vertus , fi l'amour eft un crime ?

Sur l'Univers entier jette un moment les yeux ;

Animé par l'Amour , l'Univers eft heureux.

Ce doux frémiffement , ces feux & cette ivreffe ,

Que l'Amant fait paſſer au ſein de ſa Maîtreſſe,

Cette extaſe muette, & ce trouble enchanteur,

Sont de ſecrets tributs qu'il rend à ſon auteur.

Qu'a i - j e dit ? malheureux ! ô Ciel ! où m'égaré-je !

A mon profane amour, je joins le ſacrilége !

Arbitre ſouverain de mon funeſte ſort,

A mes ſens égarés pardonne ce tranſport.

Tu le ſçais, abbattu ſous la haire & la cendre,

D'un trop cher ſouvenir je voudrois me défendre :

Déchiré devant toi par de cruels combats,

L'exiſtence pour moi n'eſt plus qu'un long trépas.

Mon Dieu ! lorſqu'à tes loix mon ame s'eſt ſoumiſe,

Je ne t'ai point juré d'oublier Héloïſe ;

Et mon fatal amour, qui bleſſe ta grandeur,

Sans ceſſe me punit, & te ſert de vengeur . . . .

Sois plus forte, Héloïſe, & donne-moi l'exemple ;

Dieu va te ſoutenir, Dieu t'appelle en ſon Temple.

Va, cours, tombe à ſes pieds ; tombe aux pieds des autels ;

Renonce pour jamais à tes feux criminels ;

Que la Religion , t'armant d'un ſaint courage,

De ſon auguſte main repouſſe mon image :

Mon image trop chère , & qui fait tes tourmens :

Je te remets ta foi, te remets tes ſermens.

Pour te rendre à ton Dieu , je te rends à toi-même ;

La paix renaît bientôt , quand c'eſt lui que l'on aime.

C'eſt de lui déſormais qu'il faut t'entretenir ,

Et du fond de ton cœur c'eſt moi qu'il faut bannir.

Peux-tu m'aimer encor ? C'eſt moi de qui l'adreſſe ,

Par l'attrait des faux biens , égara ta jeuneſſe :

Séduite par moi ſeul , par mes diſcours trompeurs ,

Tes lévres ont touché la coupe des pécheurs.

C'eſt moi, de qui la main, couronnant la victime ,

T'a caché ſous des fleurs , le penchant de l'abîme :

Compte , ſi tu le peux, tes ſoins & tes chagrins ,

Que de jours orageux pour quelques jours ſereins !

Raſſemble de l'Amour les ennuis & les peines ,

Et ſes jaloux tranſports & ſes allarmes vaines ;
Mets à part ſes douceurs , ſes paſſagers deſirs ;
Et voi combien ſes maux ſurpaſſent ſes plaiſirs.

RAPPELLE-TOI , ſur-tout , pour affermir ta haine,
Ces jours de deuil , ces jours , où reſpirant à peine ,
Courbé ſous mes malheurs , je m'en fis de nouveaux ,
Où , dans tous les Mortels , je crus voir des Rivaux.
Ma foibleſſe en mon cœur enfanta les allarmes ;
Je redoutois en toi ta jeuneſſe , tes charmes ,
Un ſexe trop facile , & prompt à s'enflâmer ;
Je redoutois , ſur-tout , l'habitude d'aimer.
J'en hâtai , chaque jour , l'horrible ſacrifice ;
Songeant à mon repos , je preſſois ton ſupplice.
Je deſirai qu'un Cloître , aſyle redouté ,
Pour diſſiper ma crainte , enfermât ta beauté.
Les careſſes , les pleurs d'Héloïſe attendrie ,
Rien ne pouvoit calmer ma ſombre jalouſie ;
Et , ton amour lui-même augmentant mon effroi ,

Je voulus que ton Dieu me répondît de toi.

Oui, de ma propre main, je traînai la victime.

Je te donnois à lui ! mais, ô fureur ! ô crime !

Retenant mon préfent, arraché de mes mains,

Je te donnois à lui, pour t'ôter aux humains.

Tu me difois : Ordonne, & choifis ma demeure,

Où veux-tu que je vive, où veux-tu que je meure ?

Abailard, je fuis prête... & moi, dans ces momens,

Je goûtois le plaifir, au fein de mes tourmens.

Portiques révérés, afyles refpectables ;

Aux profanes regards dômes impénétrables ;

Grace à la piété, qui veille autour de vous,

Combien vous affurez le bonheur d'un jaloux !

Que je fus foulagé de t'y voir renfermée,

Et de te voir fouftraite au péril d'être aimée !

J'attendois le moment, où quelques mots cruels

T'enleveroient à moi, comme à tous les Mortels.

Par l'offre de ta dot je fçus bien-tot féduire

Celle qui fur tes fœurs exerçoit fon empire.

Et

Et cette Femme enfin, fecondant ton bourreau,
Dans fon cloître, pour toi, me vendit un tombeau.

Ah! d'un pareil amour n'es-tu pas indignée?
Ne vois-tu pas le piége où tu fus entraînée!
A des tranfports honteux, ceffe de t'emporter;
Et d'aimer un Mortel que tu dois détefter....
Me détefter! Qui! moi!... non, ma chère Héloïfe...
Non... tu ne le dois pas... ta foi me fut promife;
Je reclame ton cœur, il eft encore à moi...
Beaucoup plus qu'à ce Dieu... que je trahis pour toi.
Mes douloureux affronts, tes maux que je partage,
Jufqu'aux emportemens de ma jaloufe rage:
Tout m'affure à jamais une ame, où j'ai regné,
Je fuis trop malheureux pour être dédaigné.

Sur les plus beaux objets ma vue appefantie
Etend le voile épais dont elle eft obfcurcie.
Le Soleil, que toujours je préviens par mes pleurs

Ne trace pour moi seul qu'un cercle de douleurs.

Je cherche les rochers, & les antres funèbres,

J'aime à m'ensevelir dans l'horreur des ténèbres ;

Là, plein de mes ennuis, indigné de mes fers,

Je voudrois me cacher aux yeux de l'Univers.

Là, j'appelle Héloïse, &, dans ma sombre ivresse,

Je crois entendre encor ta voix enchanteresse,

Un lamentable écho, sur les aîles des vents,

Semble me renvoyer tes longs gémissemens,

Et, sans cesse frappant mon oreille surprise,

Répéte en sons plaintifs, Héloïse.... Héloïse...

Je descends quelquefois dans le Temple sacré,

Et, fixant les tombeaux, dont je suis entouré,

Avec recueillement je me dis en moi-même,

Voilà donc la demeure, & l'asyle suprême,

Le terme, où les Amans heureux ou malheureux

Verront s'évanouir leur tendresse & leurs feux.

De moment en moment, il vient ce jour horrible,

Où la mort glace enfin le cœur le plus fenfible ;

Et c'eft-là qu'Abailard, pour toujours renfermé,

Ne fe fouviendra plus d'avoir jamais aimé ....

Là, fe perdent les rangs ... les vertus & les charmes ;

Après de triftes jours, prolongés dans les larmes,

C'eft donc là qu'Héloïfe ! ... & foudain oppreffé,

Au milieu des cercueils je tombe renverfé.

PRENDS pitié de mes maux, du feu qui me confume...

De ce poifon brûlant, tout aigrit l'amertume ;

Tout me bleffe & me nuit .... ah ! pénétre avec moi

Dans les replis d'un cœur qui ne s'ouvre qu'à toi.

Combien je fuis changé ! moi-même j'en friffonne,

Je hais & je maudis tout ce qui m'environne,

Et m'applaudis fouvent de regner dans ces lieux,

Où je fers de Miniftre à la rigueur des Cieux.

J'appefantis le joug de mes jeunes victimes,

Ma jaloufe fureur les punit de mes crimes.

J'aime à voir la pâleur de leurs fronts pénitens ;

Et l'aspect de leurs maux, adoucit mes tourmens. . . .

Héloïse ! à quel point le désespoir m'égare !

Qui l'eût pensé, qu'un jour je deviendrois barbare !

Tu le sçais, Héloïse, en des temps plus heureux,

Je fus, ainsi que toi, sensible & généreux.

L'indigence jamais ne me fut importune,

J'ouvrois mon ame entière aux cris de l'infortune :.

Autant que je l'ai pû, dans mes obscurs destins,

J'ai goûté la douceur d'être utile aux humains.

La bienfaisance, alors, sûre de mon hommage,

Pour entrer dans mon cœur, empruntoit ton image.

En vain mes ennemis, ardens persécuteurs,

Diffamoient saintement ma croyance & mes mœurs ;

Pour mieux m'assassiner, se paroient d'un beau zèle,

Sembloient d'un Dieu vengeur embrasser la querelle ;

Et, défendant par-tout qu'on osât m'approcher,

Déja, pour plaire au Ciel, allumoient mon bucher ;

Je riois, sur ton sein, de leur haine farouche.

Et j'étois consolé par un mot de ta bouche:

Je plaignois ces Mortels, ces Sçavans ténébreux,

Toujours vils & cruels, & souvent dangereux;

J'oubliois, avec toi, ces absurdes systêmes,

Démentis l'un par l'autre, & détruits par eux-mêmes;

Et je sçavois unir, par un heureux lien,

Les plaisirs d'un Amant aux devoirs d'un Chrétien.

O jours trop fortunés!... ô jours de mon ivresse!

Où je laissois, sans crainte, éclater ma tendresse;

Où rien n'interrompoit ce commerce enchanteur,

Ce doux épanchement de l'esprit & du cœur,

Où libre de te voir, & chargé de t'instruire,

J'aimois à t'égarer, au lieu de te conduire;

Où, pour toute leçon, à tes pieds prosterné,

Je te peignois l'amour que tu m'avois donné!...

Tu n'as point oublié cet instant de ma gloire,

Ce moment où j'obtins la première victoire.

Les parfums du matin s'exhaloient dans les airs;

Un jour voluptueux coloroit l'Univers.

Plus riante & plus belle , au gré de mon ivreffe ,

La Nature fembloit preffentir ta foibleffe.

Tes yeux, qu'obfcurciffoit une douce vapeur ,

S'ouvroient fur Abailard avec plus de langueur.

Ma main fous un berceau te conduifit tremblante ,

J'entendis foûpirer ta vertu chancelante ;

Mes regards enflammés t'exprimoient le defir ;

J'apperçus dans les tiens le fignal du plaifir . . . .

Je volai dans tes bras . . . . en vain ta voix éteinte ,

A travers cent baifers , murmuroit quelque plainte,

Je ne t'écoutois plus , je n'entendois plus rien ;

Heureux par mon tranfport , plus heureux par le tien.

A H ! détourne les yeux de ce tableau profane ,

Tout me confterne ici , m'accufe & me condamne.

Devant moi fe découvre un avenir vengeur ;

Et la voix de mon Dieu tonne au fond de mon cœur.

Toi ! qui creufas l'abîme , où ton courroux me laiffe ,

J'esperois que ton bras soutiendroit ma foiblesse ;

J'ai crû que ta bonté descendroit jusqu'à moi ;

Et que les passions se taisoient devant toi :

Hélas ! dans ces réduits ont-elles plus d'empire ?

Seroit-il des penchans que tu ne peux détruire ?

Je pleure, je gémis, & les nuits & les jours ;

Je me repens, t'implore, & je brûle toujours.

Frappe enfin, & punis un Mortel qui t'offense :

Fais, au pied de l'Autel, éclater ta vengeance ;

Et, puisque tu n'as pû m'arracher mon penchant,

Pour éteindre l'amour, anéantis l'Amant.

O ma chère Héloïse, ô toi que j'ai perdue,

Toi, que j'égare encore, éloigné de ta vue :

Où me cacher ? Où fuir un feu trop dévorant

Qui vit dans mes soupirs & coule avec mon sang ?

Cette terre où je rampe a-t-elle assez d'abîmes,

Si l'œil perçant d'un Dieu vient à compter mes crimes !

Que de foibles Mortels mon exemple a séduits !

Que de coupables feux, par les miens enhardis !

Dans les lieux les plus faints, nos fautes font connues;

Nos Lettres, tu le fçais, font par-tout répandues ;

On les lit, on s'y plaît ; on y puife un poifon,

Qui, pour aller au cœur, enivre la raifon :

La jeuneffe, livrée à tout ce qui l'abufe,

Dans fes déréglemens nous cite pour excufe :

Notre amour malheureux fait encor des jaloux,

Et ce n'eft point pécher, que pécher après nous ....

Il eft tems, il eft tems de fe vaincre foi-même,

De contraindre nos feux à cet effort fuprême :

Nos longs égaremens, fources de nos malheurs,

Veulent, pour s'expier, de la honte & des pleurs;

Pleurons, & rougiffons; du fein de la pouffière,

Elevons vers le Ciel notre ardente prière ;

Peut-être que ce Ciel, à la fin défarmé,

Au cri du repentir ne fera plus fermé.

Cesse

CESSE de m'inviter, hélas ! trop indiscrete,

A venir partager tes soins & ta retraite.

Qui, moi ! de tes devoirs soulager le fardeau,

Diriger de tes Sœurs le docile troupeau ;

Les sauver des périls que pour moi je redoute,

Des vertus que je fuis, leur applanir la route !

Moi ! j'irois dans des lieux où tes jeunes attraits...

Non, ce n'est plus pour moi que ces plaisirs sont faits.

Sous un chêne, brisé par les coups du Tonnerre,

Voit-on se reposer la timide Bergère ?

Voit-on, dans la prairie, un essain attaché

Sur le pavot mourant ou le lis desséché ?

SI tu pouvois me voir, l'œil creusé par les larmes,

Baissant toujours ce front qui t'offrit quelques charmes ;

De Spectres effrayans toujours environné,

Sombre, défait comme eux, & comme eux décharné :

Tu voudrois bien plutôt éviter cette image ;

Et, loin de le chercher, tu fuirois mon passage.

G.

Ne me prodigue plus le nom de Fondateur,

Je fuis un malheureux, je fuis un corrupteur,

Qui, dans l'affreux moment où la Raifon l'éclaire,

Frémit de fon amour, que pourtant il préfère;

Arrache, avec effort, un cœur trop criminel,

Qui, la bouche collée aux marches de l'Autel,

Dans la Religion efpérant un refuge,

Attend la grace encore, ou l'arrêt de fon Juge.

JOINS tes remords aux miens, fur-tout ne m'écris plus :

Cachons-nous déformais des foupirs fuperflus :

Oui, laiffons entre-nous un intervalle immenfe;

Efpérons tout du tems, & fur-tout du filence :

Va, ceffe de chérir un phantome d'Amant,

Que l'amour feul anime & difpute au néant.

Dieu le veut... dans fon Temple enfevelis tes charmes ;

Offre à ce Dieu jaloux tes pénitentes larmes;

Et que ces pleurs enfin effacent, à leur tour,

Tous les pleurs qu'Héloïfe a verfés pour l'Amour.

Si la mort, dans ces lieux, devançant ma vieilleſſe

Vient terminer des jours, tiſſus par la triſteſſe ;

Je veux qu'au Paraclet Abailard ſoit porté,

Et, que dans cet état, il te ſoit préſenté ;

Non, pour te demander un regret inutile,

Mais, pour fortifier ta piété fragile ;

Plus éloquent que moi, ce ſpectacle cruel

Te dira ce qu'on aime, en aimant un Mortel.